M E M O

备 忘 录

王晓冰 著

by Wang Xiaobing

长江出版传媒 | 长江文艺出版社

图书在版编目（C I P）数据

备忘录 / 王晓冰著. -- 武汉 ：长江文艺出版社，2020.10

ISBN 978-7-5702-1460-0

Ⅰ. ①备… Ⅱ. ①王… Ⅲ. ①诗集－中国－当代 Ⅳ. ①I227

中国版本图书馆 CIP 数据核字（2020）第 016846 号

责任编辑：谈 骁　　责任校对：毛 娟

封面设计：蒋 浩　　责任印制：邱 莉 王光兴

出版：长江出版传媒 长江文艺出版社

地址：武汉市雄楚大街 268 号　　邮编：430070

发行：长江文艺出版社

http://www.cjlap.com

印刷：武汉市籍缘印刷厂

开本：880 毫米×1230 毫米　1/32　印张：7.75　插页：4 页

版次：2020 年 10 月第 1 版　2020 年 10 月第 1 次印刷

行数：3855 行

定价：49.00 元

目　录

你

我们

他们

它们

诗外看诗

——序王晓冰《备忘录》

蒋子丹

某著名电视台征婚节目，小伙儿上台自称诗人，立遭女嘉宾悉数熄灯，观众哄堂大笑。据说如今诗坛热闹得像赶大集，不少诗人从“象牙塔”里出走，坠入市井红尘，希望大众相信好诗人就得游手好闲，抛家舍业，喝醉酒，蹭白饭，撩妹撩哥，放浪形骸。其中有人还擅长用这样的诗句吸睛圈粉。“一只蚂蚁，另一只蚂蚁，一群蚂蚁……”“天上的云真白，非常非常白，极其白，贼白，简直白死了……”“我只热爱做爱，热爱那些为此而忙的人……”他们的创意诠释很直接：我不写得这么简单，你能看懂吗？我不把标题起得很黄，你会来看吗？他们的经验介绍更暴力：诗云，坐在马桶上，很久还没拉出来，而忘了坐在这里要干什么，“千万别当时就拉出来了”。

诸如此类的千奇百怪，足以误导吃瓜群众，以为诗人者非常人也，就是与正常人不一样的奇人怪人。如果此话当真，王晓冰似乎根本不适合当诗人，因为她看起来太正常了。

认识王晓冰已经好多年。那时候海南作协集合了一群年轻活泼的女作者，笔会由于她们的参与变得生动而喧闹。王晓冰置身其中，一张白净得吹弹可破的素脸，在南国暴烈阳光之下着实少见，碰到直接开撩的男同学，并不一惊一乍，只以端庄微笑作答，当属窈窕淑女一类。后来，又看见她高挽衣袖，为一条濒临饿死才被收养的大型苏牧犬清洁皮毛，洗得黑水翻腾，这才知她并非只有婷婷袅袅的一面，也扛得住难事和重活，当得了“女汉子”。老吾老，幼吾幼，狗吾狗，以及人之老、人之幼、人之狗，都在她日常担当的范围之内。这样，她一边当着称职的国企中层，一边揣着颗年轻人的文艺心，忙里偷闲不声不响地码字，连她诗集里的插图，也是凭着自己少年宫美术班的童子功一张张画出来的……这可能让有些人急：她知道诗坛的这个帮那个派吗？她玩得了朦胧、莽汉、草根、无意识、超现实吗？只管闷头写，只管写自己的，她能写出个什么来？

王晓冰为这本诗歌处女集起名为“备忘录”，照她自己的说法，是用文字记录被所思所见击中的瞬间。这一百多首短诗被分为五个小辑：我、你、我们、他们、它们，目录就把诗人视野的沙盘推送出来，不仅只有我和你，还有他们和它们，看似信手随意的罗列，已经将大千世界包含其中。父亲寻找的墓碑，收了假币的小贩，邻家女人的呜咽，老狗失落的牙齿，折翅雏鸟的归宿，外孙童车的辙印，夏至的蝉蜕，屠羊染红的白雪……日常生活丰满而又混沌的细节，被她筛选甄别之后，排名不分先后，缠绕字里行间，以表达她对现实处境乃至生命的态度。叙事性与描述性是这本诗集的主要特征，但王晓冰回避了抒情的叙事与描述，也不追求“一只蚂蚁特白非常白”那种刻意的浅薄，反而力图给每个瞬间留下观念或者说智性的空间。当然，要是这些平实质朴的句子里，再多一些飞扬的想象，该是我们更希望看到的罢。

用时髦的话说，王晓冰算得上冻龄美女，除了外孙曾经童言无忌地指出她已经不再年轻，谁不夸她看不出年纪？也许单就写诗而言，她错过了最佳的生理年龄，但正好比她用一贯平和的心态，留住了自己的容颜一样，王晓冰正在用诗歌，延缓着心理年龄的更迭。对于她来说，所谓“诗坛”是不存在的，诗在她的生活里，写诗不过是她的生活方式之一。这样的认识一旦形成，她断不会轻易放弃。正如每逢排球、足球、乒乓球的重要赛事电视直播，作为球迷她总是要在朋友圈里发战况写评论，半夜三更也不例外，年复一年热度不减。至于她看得对不对，评得准不准，那又有什么要紧？

她的生活方式自是由她做主。较之于那些时刻想吸引公众目光、非要把自己弄得古灵精怪不可的诗人来说，这种态度似乎更多一些诗意。

如此，甚好。

读我吧（自序）

读我吧
一个字一个字地读
把我读活
把我读醒

读我吧
一棵龙胆草
正往泥土里扎根
一把宝剑
正在大海中淬火
一群天鹅
正为爱的使命迁徙

读我吧
我是你一个字一个字码出来的书
你想要的
我这里都有

读我吧
一个字一个字地读

把我读活

把我读醒

把我读哭

……

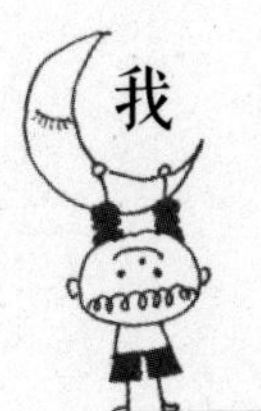
我

兽

被关太久
必须到对面山上放放风
我们的身体
藏着爱人的牧场
圈着自家的小兽

隆起和凹陷
是岁月咬下的齿痕
我们的角色
就像我们的性别
出生前已被钦定
结局，不可更改
我们正走在
倒推回去的路

许多时候
我们来到河边
不止是为了饮水
也是为了
凭川临风
映照自己爹蓬的毛发

绿莹莹的眼睛

河谷里的蛙鸣
此起彼伏
那是夜归者
提前拥抱上来的家

来吧，梦

我迷上了你黑色的天空
阴影中的鸟，艳丽，醒目

你让我长出翅膀
我用飞翔报答你
为你运送不会冷却的血液

我用啃过的果核垒成剧场
用土话粗话狠话脏话客串自己
第二天，再红着眼睛
堵戏里的男主
让你的预言成真

遮羞的叶子已经落光
黑暗中，我卸下装备
懒于也不屑于像白天那样
戴着墨镜，说相反的话

来吧，梦！
你是离神最近的地方
在你那儿，我无数次见证过
死而复生

时光倒流

来吧，梦！
我给你
情绪，体温，记忆，履历
你给我
红花，当归，穿越，逆行

夜幕降临，
我席地而卧
迎接梦的晨曦，听
空心的沙子发出知了的尖叫

来吧，梦！
在你魔幻的衣袂里
我的一切都是真的
没有佯装和犹疑
有的只是俯首帖耳的顺从

来吧，梦！
我有两条命
我在不知不觉中睡去
在变频的心跳中
重回危机四伏的人世

来吧，梦！

简 史

我曾经羞愧过的一切：
犟过的嘴
撒过的谎
茁壮的妒忌
蓬勃的虚荣
连同那些不洁的念头
终有一天
成为我越抻越平的记忆中
最有质感和光泽的
凹凸

份　额

我是老狗 Seven 的百分之百
妹妹的二分之一
爸妈的三分之一
女儿的四分之一
同事的百分之一
上帝的亿万分之一

分数线
从我的童年开始
把分子与分母
永远地隔开

有一种爱
没有分数线
要么零
要么全部

要么零，要么全部

空

麦苗还没长高
田野是空的
叶子还没冒芽
老树是空的
小鸟飞走了
巢窠是空的
瞅不见云彩
天是空的
无人吟唱
歌是空的
没有故事
梦是空的
……

到站了
我端起空晃一路的水
一饮而尽

自　白

我用锯齿状的斑纹
制造出我有更多花瓣的假象
让你因此更爱我

我通过地面和水面的震动
感受爱的临近和远离
我用皮肤和肺一起呼吸
一个很小的伤口
足以致命

我时常被回忆和想象打败
定点的占有欲
更有爆破性
那些做过的梦
比撒过的谎更容易忘记

我一向羞怯
最深处的话
像一群透明的小鱼
我把它们含在嘴里
不舍得让它们裸露于
危险的湖心

飞

从前
我也会飞
迎着风，长大
我的脚
被吹黑
我的眼
遇冷就流泪

我把悲伤藏进芦苇
我的快乐沉入湖底

后来的我
还在飞
我的眼
患无菌性炎症
遇热就流泪

飞啊飞
耳边的风
咆哮汹涌
万马狂奔

不可逆的风
刻刀一样的风啊
终将剥噬我所有的羽毛和血肉
只留下倔强的骨架
以飞翔的姿势
坠地

气 味

一切都越来越不可靠
看到的
听到的
摸到的
买下来的
吞进去的

当山峰变成孤岛
当岩石化作齑粉
当四季越来越错乱
我的青春，在一呼一吸中
流失殆尽

多么庆幸
我的嗅觉还在
还在与我的传感一起
逆生长
灵敏到，只需要一微粒的化合物
就能锁定目标
只需要一微秒，就能完成
静止到加速的切换

黑夜中，万籁俱静
萤火虫光尽而亡
我的视觉听觉已被屏蔽
嗅觉，只有嗅觉
为我捕捉最幽微的气息
引我找到荒原里
最后的庇护所

左 右

我的伤痛，都在左侧
左肩，左肋，左拇指，左脚跟

我的右边多么像被爱
慵懒，任性，骄横
我的左边多么像苦恋
天地弗通，阴晴不定，
左和右都是我的孩子
却各有各的命数

我早已习惯了
这喜忧参半的生活
我早已习惯了
沧桑的左，晚熟的右
煎熬的左，奢侈的右

我早已习惯了
右眼笑，左眼哭

我早已习惯了右眼笑，左眼哭

漩　涡

无线电波
发出野兽的嚎叫
燃烧的氢气
被水收服为液态金属
游动的磁场
以引力压力和阻力
焕发出太阳系最炽热的极光

暖冬，无雪
只有箭一样飞的流星雨

此时的天空
很亮
我用布满漩涡的披风
裹紧内心滚烫的汁液
很久很久以前
那里曾经布满——
冰冷的石岩

拯　救

期待已久的拯救
终于到来
我拼命抓住
洞口的手

疼醒了
我的右手
死死掐着
我的左手

出生地

动身的时间一点点迫近
我还没有找到漂亮衣服
行李箱里，只有
一条白围巾
一件灰大衣

玫红色的高跟鞋
缠绕着纵横的编织绳
我把绳带统统铰掉
赤裸的脚
夜深人静时，走入城市
跟随鞋尖指引的方向
找到出生地

大房子里热闹非凡
你的声音混杂其中
推门进去的一刹那
灯灭了
鸦雀无声

穿行于大街小巷

我像患分离焦虑症的鲨鱼
在失重的大海里
左突右冲

夜晚
只能露营
我抱着毯子
四处寻找安全的巢穴
海滩、树下躺满猥琐的男人
随时准备用语言和肢体揩油
一个乳房裸露的女人经过
引来一片口哨声

卖胡辣汤的早餐店
排着长队
就要排到跟前时
铺子不见了
你我对着空空荡荡的楼梯
面面相觑

活着真好
寒噤之后
我们重新抖擞精神

今　夜

今夜
我还活着
还在呼吸
还能翻来覆去
想我究竟是谁的老问题

今夜
我睡不着
衔住一支笔
像抽着一根烟
杂乱无章的往事
是一杯无限续杯的浓咖啡

今夜
我留下荧光色的文字作路标
方便未来有不速之客
找上门

屏住呼吸
我听到了空电梯升上来的声音

那一年，在海上

梨形身材的大船
在海上遨游
它有坚硬的头
丰满的腹

轰隆的马达
为我遮掩梦呓
就像斑斓的花衬衫
为我遮掩伤痕
就像善解人意的雨
为我遮掩泪水
海上之夜
我比任何时候都睡得更香，更沉

回游的鱼
奋力游向它的降生地
从来自彗星的地球之水
获取来自太阳的热能

时光弯曲
果实垂落

波浪，像上帝之手
把我打开，合上
放下，托起

诗与我

1

突然想写点什么
翻遍全屋
只找到一张扉页
鬼使神差
我从中间处下笔
字疏墨淡
一句没写完
就到了纸的边沿

2

经常给自己打气
下手再狠一点儿
见红
没你想得那么疼

3

身体的复原功能
一天天退化

我写诗
不过为了
用拉伸和拍打
对抗伛偻和麻木

4

取豆浆的时候
铁皮桶里已所剩无几
我必须
用力晃动并倾斜容器
最浓的汁液
来自最底部的沉淀

停　顿

无法
一眼望到底

两个独立包装的瓶子
盛满半透明的液体
我们，借助摩擦力
拧开彼此

锯齿一样的岁月
在心头拉来拉去

突然就哭了
不是因为痛
是为自己
成长的停顿与继续

夏 至

梦中的早晨
一片金黄
阳光让你充满能量
一群人在沙堆上盖房子
拉你吃饭的人尾随而来
排成长队

堆出来的笑
风一吹就散了

一个人去早餐
天很高
路很远
我走得忽紧忽慢
几个煮熟的饺子泡在水池里
我在碗底翻出一块萝卜
碧若翡翠

我的眼泪很犟

我在分别之后，掉下眼泪
分别时却没有

我在想象孤独时，掉下眼泪
孤独来袭时却没有

我在重温细节时，掉下眼泪
身在其中时却没有

我在狗狗活蹦乱跳时，掉下眼泪
在它手术麻醉时却没有

我的眼泪很犟
它们不肯被预测被设定被围观

如果我的眼泪终于被你撞见
那是它们憋得太久
或者，我对那一刻
难以驾驭

在海拔 4500 米……

口干，舌苦，眼胀，头裂
长发像蒿草一样毛躁

为了见你
我翻越万水千山
备足了美艳的华服

身体的沦陷
从眼睛的狂喜开始
从想要冲锋的一刻开始

在玛旁雍错
神水映出雪山、白云、蓝天
映出我生无可恋的快容
无性别差的羽绒服棉裤

在冈仁波齐，神山赐我
语迟、厌食、难眠、易醒的紧箍咒
我一步一喘一憩

近你，渡我

在 4500 米海拔的阿里
我的眼睛背叛了身体
身体出卖了灵魂

喜马拉雅

我用十指梳头
用雪水洗脸
除了防晒霜
什么也不涂

在喜马拉雅
我把自己层层包裹
不露一寸肌肤

做不了朝圣者

在离太阳最近的地方
我护住顽强的俗念
躲避剑一样的寒光
透视我的心

归　零

最后一天要做的
是把桌上的书籍邮走
把床铺恢复到来时的模样
把衣柜清空
把电脑上长出的 U 盘拔下
把遥控器重新放回机顶盒
……
貌似这间屋子里
最有能耐的活物
我却什么也带不走
包括窗外旖旎的风景
只有那个脱口而出的房号
我喊它
就像喊一个永远也不会掰的朋友

明天
搞清洁的阿姨会来
做最后的归零
消除一切我来过的痕迹

没有什么，永远属于我们

包括正推动我从北方回到南方的
远古能量

世界杯之夏

不要停下
奔跑的脚步，不要
偏离最佳的穿插线路
记住，进攻才是最好的防守
不要停下，不要用男人的 T
掩盖女人的骄傲
不要用橡皮筋
缚住太阳下金色的麦浪

这个夏天
属于世界杯
属于熬夜，畅饮，泪崩，汗流
我用热敷，用冰镇，用耳边流动的风
用腹部的花朵，用高举的灯盏
记忆这个夏天
我用晕眩
用痉挛
用瘀青
用红肿
证明我也曾经停不下来
像被下了蛊

这个夏天
从荣耀到荒芜
只隔着一声哨响
这个夏天
我与一群受伤的天鹅为伍
我的悲伤缘于离开
它们的悲伤，来自留守

记忆的漆已开始剥落
战场正在变成废墟
我拿什么拯救我的记忆——
我是真的，来过这片湿地？

回到原地

太看重
所以太踌躇

我修改写下的文字
翻来覆去

确认发送那一刻
又改回
初稿

这多像我们的一生
无论兜过多大的圈子
被修改过多少遍
终究，要回到原地

我们，是被上帝看重的孩子

我们是被上帝看重的孩子

纪念日

今天
我为自己
上妆更衣

丢一把米，到锅里
看它们在水深火热中
升腾，翻覆，膨胀，沉没
绵软顺服成粥

镜子里
跟我一模一样的女人
剔净的牙缝
在同样的位置，被堵死

镜子里
跟我一模一样的女人
下巴上的痘，像痣
火气，喜欢走老路

镜子里
跟我一模一样的女人

她的泪水，模糊了
我的眼睛

大篷车

下车捡石子
弯腰之间
载我的大篷车呼啸而去
我喊着，叫着，追着
终于，抓住一条绳索
像打秋千一样
被荡起

我看到了
从未有过的风景
听到了
从未有过的风声
就这样
孤悬车外
绿卡车在我的身下
像是我的白马

我拉紧缰绳
再也不许它，把我
撇下

注　定

时光倒流
我的少年傻站在原处

隐着身，跟她走
听她带火的嘴巴
把事情一件件弄糊
看她像橱柜里的蚂蚁
爬向剧毒的迷香
我贴着透明的隔音玻璃
徒然心碎
她，昂首阔步向前
拎着总是忘记丢掉的垃圾兜

唉，我少年的风筝线
注定不在中年手中
明的花
插不进暗的瓶

没办法早慧
即使重来一遍
多么让人泄气又心安的——
命中注定啊

明的花，插不进暗的瓶

寒 颤

在冽风里打寒颤
看高楼上闪烁的字
看灰蒙蒙的天空
看落地即化的雪
如何来有踪去无影

没有围栏
没有雾霾
没有高楼
没有手机
不会塞车
妈妈脸上还有红晕
爸爸的头发还没有全白
我的自行车还没有被偷
橘红围巾和牛仔外套还没有送人
它们陪我站在比今天还要冷的雪地里
打着寒颤，干等
一道闪电

梦与醒的夹层……

逃课，躲入旧机房
头发，被静电拔高成三角形小山
右手，被铁炉烫出晕红
同学们涌进来
班主任的脸色很难看
斜着眼看我
洞若观火的眼神

魂飞魄散时
梦来救我
露出马脚和笑脸给我看
告诉我它是梦
虎口脱险的感觉
太美妙
就像失而复得
可我的手心一直在冒汗
如果真是梦
那么这个下午
没在课堂
也没在机房
我和我的时间，都去了哪里？

梦与醒的夹层
我像办案的福尔摩斯
翻来覆去，推敲每一处细节和疑点
悲喜交替浮升
直到，闹钟响起
直到，一股热流
爬上右手食指的指肚

我在梦里发现了梦的破绽

一次佯装不见
引来一场愤怒的咆哮
抓起电话簿
我给所有的熟人打电话
举证我的无辜

一个不可能出现的面孔
暴露了梦的破绽
我惊喜地欢呼
为差点儿失去的友谊与和平

一层层醒来
迅速为梦里的冲突者
点上一个赞
梦里的梦
让我学乖
夜里的夜，帮我掩饰
大笑时露出的牙龈

置 换

我用中转机票
置换一次高原之行
再用四个小时的车程
置换香格里拉的夜空
我用门票与攀爬
置换与虎跳石三十分钟的对视
我用敦实柔软的平底鞋
置换石板路上的健步如飞
我用一则大众好评
置换商家慷慨的水果和小吃
我用一小块牦牛肉
置换店家小狗短暂的仰望与跟随

我用一次逃离
推开异乡的空气和门
我用高频率的呼出
置换低密度的摄入
我用心率稍缓
置换心跳过速

我用人民币和身份证

置换初伏里的深秋
不仅如此
我还将用一个携程电话
换回我挥汗如雨的零海拔之夏

顺时针的普达措

如果我愿意
我可以徒步穿越普达措
尾随牦牛和野兔

如果我愿意
我可以在第一站下车
让亘古的风多吹拂一会儿

如果我愿意
我可以反时针逆行
兴许遇见向下生长的树和容颜不老的达娃央宗

如果我愿意
我可以关闭手机脱掉鞋袜
不去惊扰碧塔海的胡子藻和属都湖的花松鼠

如果我愿意
我可以溜出大部队
任性地猫到一个地形隐蔽视野开阔的山包
坐看 4000 米海拔的亚寒带落日

注定无法同时踏进两条河流
我总是鬼使神差地蹚入
最近最浅最混浊最容易抽身的那条

哦，顺时针的普达措

迁 徙

又到了迁徙的季节
天暖了
我要回家

水上降落
大漠起飞
我借助太阳、月亮、星星
还有地球的磁场
辨认故乡

向北飞
向北飞
闪电、迅雷、浓雾
暴风、黄沙、子弹……
没有什么能阻挡我振翅高翔
看见了吗？我的身下
马群撒野
火车疾驰
雄狮咆哮
雪豹狂奔

春天已至
坚硬如铁的冰山在我温柔的注视里
融化，坍塌，崩裂

当我抵达
这里还是我离开时的模样
……

春天已至

捯 饬

我是这堆杂物的主人
也是主宰
今天，我捯饬它们
拆掉它们的老窝儿——
各式各样的纸箱纸袋
把冒尖的刺儿头
一个接一个地收拾了
合并同类项，是不够的
失去耐心时
我会把完全不搭的东西拼在一起
让它们相互嫌恶却要脸对脸心贴心

终于，房间秩序井然
像换了天地
被挤扁的自由、空间和个性
成全我的得意

要不了多久
我会再来这么一通“爱国卫生运动”
冲着失了宠的物件
过把颐指气使的瘾

失　语

总是在最靠近时
失去言语
舌头变得含混不清
哪怕说出的词语
短得不能再短

四周黑压压的人群
曾冷眼远观我的绝望
此刻却关切地向我围拢
热火朝天的氤氲中
我恢复了平日的侃侃而谈
甚至口若悬河

当哑默的黑夜再次降临
我的喉头重又涨起蔚蓝海洋
舌尖开满——
笨拙的海葵

异 类

一条大蛇从水中跃出
拦住我的路
黑又粗的身子
顶着一张娃娃脸
它吐着信子围着我转了又转
摇头摆尾而去

谢天谢地
这条灵蛇在找寻同类
而不是猎物
我们相遇
然后各奔西东

万念俱灰的时刻
异类的躯壳和气味
救我

一个人的电影

在异国他乡的中心区
我从正常线路上消失

那是个午后
我的右脚在默念中踩出双数
右拐，嵌入
打着哑语购票
猫进伸手不见五指的城堡
用夸张的笑为自己壮胆

我着迷消失
虽然我相信不朽
我着迷赌偶数和奇数
不合心思时会推倒重来
我着迷看电影的时候
自己听得到尾音的笑和哭

一个人的电影专场
我着迷我在另一个世界
可疑的存在

凌晨，最危险的时刻

今晚的不眠
用来搜白发，然后
干掉它们
抓获的，五六根
错杀的，十多根

如果，空调没有失灵
如果，没有被热醒
如果，没去见芳芳姐
如果，她的头发与三年前一样
仅仅是花白……

当我满意地收手
天已泛青
黑夜用它最后的余光
偷窥我心血来潮的清洗行动

跨　年

不到一个月的工夫
草就把园子攻陷了
狐尾椰的叶子
像风干的海鱼，倒垂，晃动

一年的最后一天
是用来做清算和了断的
薅草，折枝，扫叶
我拽下狐尾椰硕大的枯叶
扛上肩

母子永别的时刻到了
因为我，它们必须今天离开
它们硌我的背，扎我的手
它们以死相拼，徒劳地阻止我的暴行

我用目光清点辞旧迎新的战果
跨年的穿堂风
冷冷地，性急地
扫过我的脊背

梳妆随感

1

只要有第一道裂纹
就会有第二道，第三道
跌落的粉饼，以看得见的速度碎裂

2

拿起睫毛液，又放回去
我想把睫毛变长，长得
足够撩人
我不怕麻烦（任何麻烦都无法与美相提并论）
我只是踌躇于无法洗净的
残留和晕染

3

所有的流行
都会过时
再淡的眉毛
也好过有眉无毛的文刺

4

橡皮筋，是
每个女人的人生导师
它每天早上给我们示范
如何不动声色地收放自如

5

拉开衣柜
我便成了女王
每件衣裙都在寂寞中
巴望我宠幸的手

6

清淡的，易逝
浓烈的，持久
女人的香水
与女人的爱情，相悖

7

拿不准该不该戴饰品
我会选择放弃
人生的错
大抵源于多，而不是少

8

美是一个整体
我们最常犯的错误，就是
把美割裂成局部

远　方

迎着万丈光芒，向远方
奔跑
低矮的灌木丛
蛇一样伸出臂膀
拦住我的去路

我们对峙着
我一动它就“吱吱”地长高长粗

安检通道上
我被拦下，搜查
配合地直立，转身
背对我要去的远方
伸出臂膀，举起双手

你

领　地

坡势越陡，越安全
这里是你的领地

我从贝壳里挣脱
顺着风跑
你用闪电
点燃极度干燥的稀树草原

柳杉林里
你在树叶下、树干上
摩擦你的眶下腺
留下气味标记
再用膨胀身躯的方式
宣示边界
这里是你的领地

爱，有时候
要用捍卫的凶猛程度来测量
更多的时候
这里更像仁慈而温暖的庙宇
开满绷紧再松开的玻璃海绵

白天
我们越长越像
夜晚
我们从不走散
人生如戏
我们，卖力地扮演
大自然分派的角色
忠实于命运隐秘的剧本

谁拥有脂肪和坚果
谁就能抗过严寒
在你的领地上
春夏已成追忆
只剩短秋与长冬的更迭

骰子已经掷出
时间，从来不肯放慢脚步
在你的领地上
你一次又一次，把我
先救活，再毒翻

惊　蛰

微风的傍晚
我们仨坐在那儿
高谈阔论
一个人手里握着餐叉
另一个人眼里闪着星星
一个人是你
另一个人也是你

再造一个星球

夜幕降临，影子拉长
我被暗能量俘获
大碰撞的碎片，由暗物质收集，黏合
旋转成另一颗宜居星球
在那里
我的质量，等于你的引力
我用静，让你动
（当然，反过来也一样）
在那里
你用改变形状的方式
改变我的结构
在那里
清泉涌动
既不会蒸发，也不会凝固
在那里
没有冬天
雌雄同体的鲜花，地毯一样覆盖大地

两个人

成千上万的人
潮水般涌来
唯独我俩
逆流而上

一次次被冲开，侵犯
幸运地被同一块石头篦住
然后，互舐刮痕

夜幕降临
窸窸窣窣
从前的你
影子似的尾随
执拗的他
曾经同时占有我和你

伤口在我忘记它时
已经痊愈
仅在阴雨天发热发痒并且拱起来
现在
你已经是两个人了

我也想变成两个人
一个耄耋老者
用刀枪不入
掩护我赤足的童年
远走高飞

手　相

握住拳头的时候
别人看到你手背上的
平原，山峰，河流
唯有我
唯有我，熟悉你松开的掌心
凹凸不平的盆地丘陵，和
每一条被困住的道路

只欢喜，手的自由
手的空
像现在，这样

骑　士

多少年了
你被蜂拥的人群围住
偷偷地触碰
流连你的人越来越多
来自不同的种族

滴水不漏的盔甲
遮蔽你
或许勇猛
或许冷酷
或许老泪纵横的脸
你是守护者
不容许有疑似软弱的表情

熙攘的间隙
我仰起下巴睨视
做出性格里匮乏的威武状
有你在
我也需要，所向披靡的时刻

你对我

始终像空心的躯壳
我用想象填满你
然后当偶像来发着低烧拥戴

江山已老
河流已枯
这些都不足以让我揪心
我的骑士啊
我只是不甘——
我以谦卑和誓言
滋养你的英气
你却用它
倾倒众生

我甚至，爱上了自己

我爱经过你的事物，比如
你撩过的水
写出的字
摸过的绸缎
注视过的色彩
赞美过的阳光和雨

我甚至爱上了，想你时
淬出的火苗
揉出的泡沫
错过的路口
剪坏的花布

你的魔法
来自将地球中轴撞歪 23 度的
神秘星体
是你，滤出了我的美好
帮我完成半成品到成品的加持
让我成为一颗能发光的微粒

我本来更爱荒无人烟的山峦

因为你
我爱上了庸俗的红尘
我甚至爱上了
因你而起的梦里
千篇一律的功亏一篑

我甚至
爱上了自己

我甚至爱上了自己

亲

我们如此密不可分
仅次于我与自己

我的心原已安静下来
你一来便火花飞溅
最轻易的碎裂
最神奇的弥合
温情的对手，太老辣
总是找最薄弱的地方下手
不需要伏笔和铺垫
而我，总是那个先服软的人

那个怄气的傍晚
有人“砰砰砰”敲门
你伸手帮我上拉宽大的领口
我们仍不说话

遗忘的潮
一天天围拢
终有一天
会淹没所有的山脉和峡谷

而你，将是我最后被归零的记忆
我沉溺和细啜
每一次都仿佛是最后一次的
失而复得

只有可再生的爱
能够活下去
家谱里
我在上面
你在下面
生物链上
你在上端
我在下端

你已长大
我怀抱着
将来累你气你诓你叫你妈的人

只有可再生的爱，能够活下去

六月的诗

雷雨季节
我被橙色预警困住

足不出户
只够干一件事
用电报一样的文字
描摹飞沙走石的内心
一旦蹴就
它们将变身咖啡和酒
帮我熬过青黄不接

那些文字
跟我一样
为被需要活着
太多无法抵达的时间和地点
它们替我访花，寻人

雷雨交加的狂想曲
刮来了
风钻进纱网
扑向我的头发和衣裙

把天各一方呼啸成久别重逢

当我又一次被夜捂住双眼
梦在耳边吟诵
我将要写下的文字
除了上帝
只有你晓得
那些词根来自——
哪一阵风
哪一场雨
哪一片林

新年祝福

就像
蟹与姜
黑胡椒与牛排
鸡蛋与西红柿
就像
豆浆和油条
白菜和豆腐
笑容和皱纹

我们
互为酵母和味引

做最朴素最家常最耐吃的搭配
你中有我，我中有你
上帝的神秘果
是餐后甜点

盐

最重要的时刻
你从不缺席

你就在我的眼眶里、汗腺里、毛孔里
你尝遍我所有的快乐、辛酸、委屈
还有绝望的滋味

有你见证的时刻
才配得上记忆
我爱你
胜过蜜糖

昨夜
我捧着一把积攒多年的晶体
回到南方
把透明的盐放归透明的大海

我还要继续跋涉
寻找更高纯度的盐矿
用摄入和释放，舔舐和分泌
去完成，属于我的
闭合循环

成　全

张开我的翅膀，扑向你
像扑向一盏灯
折叠我的身体
包裹你，像带着某种使命
我把你的光层层罩住
不泄漏一分一厘
于是，我红成了一朵火玫瑰

光是我的
花是你的
我们在瞬盲中，彼此
成全

仰 望

在你的面前
我的一切都是真的
包括头发的颜色
睫毛的长度
鼻梁的晒斑
眉心的细纹
还有对饥饿疼痛最原始的反射
但是最真的，最真的
是我仰望你时
那些躲藏起来的
词语

新房子

搁你用过的物什进来
放蚊虫进来
把生水流净，变成熟水
把死水流净，变成活水
把新房子变乱，变挤，变旧，变亲

还要等一场梦
梦里有故人出没

梦也离我而去的时候
我在辗转反侧中
变老
变笨
变丑
变凶

逆时针旋转
把生水流净
把死水流干
……

姐　妹

去年秋天
妹妹帮我拔白发
她说，你的头发细又软
像咱妈

这个夏天
我俩相互拔白发
我说，你的头发粗又硬
像咱爸

刚刚
我在她的后脑勺
扒出一个毛孔里蹿出的
两根白发

明早
我俩将带着拔不净的白
提前返程
她赶往虹桥
我奔赴浦东

金　刚

在逼仄的岩缝里
奔跑
弹片纷飞
乱石穿孔
逃进海市蜃楼
一帮人围上来
索要买路钱
不忿
被关小黑屋

暗道里逃出
入热带丛林
你站路中央，手持擎天柱
腰围草叶，像个酋长
你说，留下来
你说，你是金刚，这里的王

你，无处不在

1

昨晚
我梦见我们家的 Seven
变成一张被割下的兽皮

今天的早餐厅
墙上吊着一张挂毯
黑白相间的花纹
如此眼熟

心头一紧
吞进嘴里的饭
再也咽不下去

2

下了飞机
我才意识到
自已打包的航空餐
是多余的

我的 Seven 已经不在了

过去的航空餐
是我每次回来
带给我家馋嘴狗的见面礼

3

在等人
有小狗经过
我逗它，它向我摇尾巴
“这狗很聪明。”我夸它
“它很懂事。”主人说

它很懂事
它很懂事……
我在动物医院
曾抚摸着 Seven 的头
哀求医生
它很懂事
它很懂事……

约的人来了
他错愕于
我的泪流满面

180 度

白天睡
晚上醒
我的生物钟
蹊跷地，位移

医生说
你的头在下
脚在上
嗯，你来这个世界的首秀
呈 180 度

我的天使
你已趱行万水千山
还要飞越八千月云
通向人间的路
需要好大好长的勇气

夜以继日
我用作息的倒置
呼应你
身体的倒悬

石头开花的时刻
就要来临
雷鸣电闪的时刻
就要来临
你我 180 度+180 度的相逢
就要来临

然后，我托举你
走入——
歪斜的世界

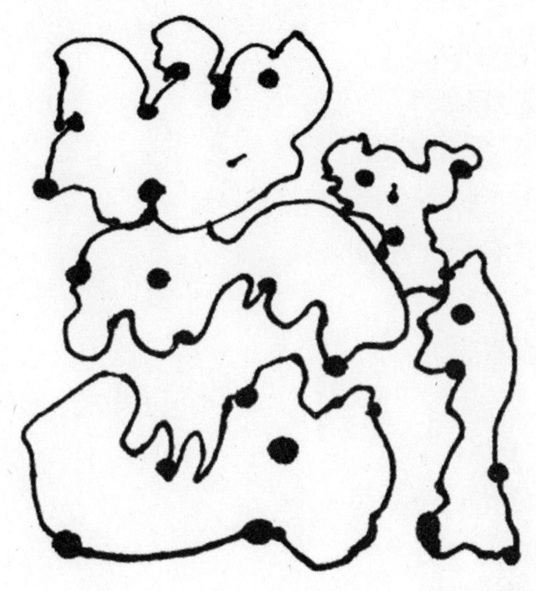

通向人间的路，需要好大好长的勇气

我把你弄丢了

没地方可去
只能看电影
看完了一场接着看
一束手电和一张马脸来驱赶：
只能看一场
有票也不行
这是规定

下台阶的时候
你被一伙儿人掳去
换上绿条子连体服
打着白领结
站台，迎宾
不允许靠近，逗留
我必须，一个人走

不敢回家
因为，我把你弄丢了

妒

有一天
我去外面买东西
你从窗口喊我
夸我的西服很美

又一天
你不让我出门
翻看我的信
我编出一个人
向你娓娓道来

喜欢看你
吃醋的样子
故意，不把故事讲完
停在停不下来的地方

让你自卑
是让你爱我最灵验的法子
就像你经常折磨我的，那样

比起天各一方

近在咫尺的我们
更害怕失去

我们

高级动物

我们曾经是
大自然最宠爱的孩子

只是，我们想要的太多

动物只要生存和繁衍
我们却要万世的富贵

竭泽而渔
不惜搭上后代子孙

我们是最多规则的制定者
也是自然界最大的破坏者

当纯净的水成为商品
当新鲜的空气不再免费
当认真成为一种自虐
当梦比醒更忠实于内心
当礼仪的梳妆，成为攻击的前奏
当大象的牙齿
犀牛的尖角

紫貂的皮毛
成为它们最重要的死因

当性与爱分离
性感与孕育分离
胎儿与母体分离
灵魂与肉体分离

当盐泽无泽，咸海无海
当北冰洋无冰
太平洋无太平
当亿万年不变的四季轮回
错乱，倒置

比上帝更大的神
正冷眼旁观
看人类，如何把一手好牌
打得稀烂

记 忆

我在退潮后的滩涂起飞
雾起时
依靠你发出的回声
定位

你露出三角形的牙齿
我吐出花蕊似的紫雾
你用前足敲打我
我分泌美味的蜜露

我们，像沙蚕
在满月的潮水中
竞相释放
不惜撕裂自己的身体

更多的时候
我们像洞穴里的种子
活在，没有指望的
长夜
……

我在退潮后的滩涂起飞
数倍于体重的记忆
是余下的航程
唯一的燃料

母亲节

吹鼓我衣衫的晚风
也曾吹乱母亲的短发
我在惠新西街卖力地蹬车
母亲在遥远的中年，拧着眉毛
搓洗被单
我们都不说话
都无法让自己慢下来

吹鼓我衣衫的晚风，也曾吹乱母亲的短发

父亲节

没带收据
墓地管理员搬出十几本生死册
一行行小字
像地图上的河流，密密麻麻，深深浅浅，歪歪扭扭

终于，找到了爸的名字和我的电话
心跳阵阵

一小块密集里的空隙
用荒芜为主人贺寿
我虚望着疯长的蒿草
爸爸掏出电话本
一笔一画写下左右两侧墓碑上的名字
这是我和你妈的邻居
将来要串门，问路，下棋

便条集

1

一大堆黑樱桃散落在田间地头
我分不出哪一颗有毒

2

我买的蓝色车票
在检票那一刻
变成了占卜的纸牌

3

我认出他
是凭他右脸颊的那颗痣
几十年过去了
只有那颗痣还是老样子

4

炭火和木柴
让我失去御寒的本能

5

神问：爱是什么味道？
我答：甜，又苦
神说：你只尝到了粗糙的壳
还没有吃到它神秘的核

6

嚼碎冰糖时
我就知道
接下来是味蕾失聪的苦日子

7

一路上
我不停地回头
鱼目混珠的日子
不敢相信倒车镜和后视镜的影像

8

生日的零点
咳嗽突如其来
保护性反射，让我蜷曲成蚕豆
那是我在母亲子宫中最初的样子

9

一直在咬指甲
该剪了
不知不觉中
它们已尖锐到
可以伤到我也可能伤到你的程度

10

衣服上的针脚太密实了
拆起来好慢，好难
当初缝的时候
只想着牢不可破，一劳永逸

失 去

两天内的两次冲突
始料未及
几乎失控的场面
几近凝固的空气
我们太像了
包括生气的缘由和表情

妈妈走来走去，欲言又止
跟我小时候看到爸妈怄气
一样的堵心

僵局于清晨时分被打破
带着失而复得的小心和殷勤
早餐时
我和爸爸几乎同时开口

没有人知道
这个夜晚
我们共同经历了怎样不能承受的失去

痛　点

晾衣竿打到下巴
立马红肿
两天后
脑后有一小块儿
不敢撩，不敢碰
又过几日
左脚踝骨，瘀出一片乌青

三个受力点，来自
同一回失手
同一条弧线
只是，有的地方先疼
有的地方，许多天后，才疼

时间碎片

吉时已到
满腹的执念
像成千上万的鱼子
在抖动中决堤
孵化出满天星斗

灵魂的高潮
在重合与共震的高峰
不可伪装地来到
穷尽一生的绚烂

生命列车
从平原进入山区
颠簸越来越频繁，剧烈
最初，我们控制节奏
慢慢地，我们被节奏操纵

脸颊上的皱纹
越来越深
像岩石上的沟槽
规律的走向表明

这里常有水流经过

强烈的定向风
是雕塑大师
把我们变成现在的样子
均衡法则，不容许我们放肆
它要我们带病生存
我伸向你的手
大拇指已开始弯曲

岁月，擦拭着远方
模糊了面前
我们的身体
一而再，再而三
缩减振幅
最终被年纪压扁

唯有灵魂不老
它，越飞越远

陆地上
少了一具躯壳
沙漠中
多了一个跪着睡觉的
独行侠

日月书

世界的图书馆
是一座城

纸是身
字是魂
我们在日月书里比邻而居

粗心的上帝
夹一枚树叶，在你我之间
有时候，它不过是一片书签
更多的时候，它是一座大山

大地如此静寂，淡定，长寿
没有翻动和晾晒的日子
我们，习惯了对称的不完整
习惯了在黑暗中萎缩，发霉，变脆

然后，相互丈量着
从有到无

在禾木

成群结队的人
追着彤红的暮光
踩着干草牛粪
向高处攀登

花花绿绿的人
天不亮就起身
背着长枪短炮
逆流似的，漫上山

太阳
跟人一样
只在出生和离去时
引来围观
然后
向死而生
向生而死

这会儿
太阳，躲进诡谲的云里
我们，困在逼仄的途中

海风下

月亮，那么细，那么弯
像一尾惊起的沙丁鱼

海岸上
一群飞鸟
一群蜻蜓
一群苍蝇
一群帐篷
一群苦荠菜
一群野菠萝
……

海风下
一群孤独的中年人
领着一群害怕孤独的孩子
海风夹着咸腥，紧追不放
把他们一点点吹黑，吹糙，吹歪，吹透

陪护日记

亥时

抢救室的门开了
露出一对黄脚丫
抢救还没开始
就结束了
医生摊着双手走出来：
“没法手术了，出血量太大！”
一个女人倒下去
躺在弥留者最后的回光里

午时

急诊 CT 等待区
一个男人在酣睡
排椅为床，挎包为枕
一个少妇在发呆
排椅是她冰凉的靠背
两个学龄前女童
围着她追逐，游戏
把排椅当成吊桥和滑梯

子时

夜已深
我穿着一次性拖鞋
守在病床前
看护插着胃管尿管氧气管的父亲
我与冰凉的地板之间
只隔着一层薄薄的纸

邻床，一位老者在说梦话：
一，二，三
猴子，树
……

申时

快过年了
住院部的天台
热闹依旧
晾晒的衣服一排又一排
它们属于
在这里打持久战的人

一阵风吹来

吹歪了长袖衫
吹落了红裤头
吹不散
露台入口
心事重重的烟霾

黎明有暴风雪

傍晚时分
进入一个村子
到处是土坑和沙丘

一群孩子
跳笨拙可爱的企鹅舞
有个小男孩
一直对我笑

老房子里
我跟一位佝偻的老妪同宿
房东夫妇的门
关得死死的

一声巨响
暴风雪破窗而入
我的衣裙、书稿被卷走
黑暗里的小男孩，在哭

万念俱灰时
风停

雪住

冬天
就这样来了
树枝上挂满雾凇
星星上长出霜花
冻月亮被定格成圆形

冬天
就这样来了
因为一场
黎明的暴风雪

我冲出去
冲向耀眼的冰川冷山
返老还童的老婆婆
一夜长高的小男孩
跟在身后

一群又一群人
跑出来
从蝉壳一样的洞穴
跑出来
我们欢呼着
奔跑在一望无际的
雪原

我们仨

我在姥姥家的石墙上
画过一只眼睛
让它替我留下来

四十年了
我在屋后的石阶上
画出另一双眼睛

又一个我留下了
另一个我
继续前行

我的背后
有两束暖光，两团乡音
远远地，悄悄地跟随
是的，只有我的目光和声音
能陪我一生

是否有一天
从前的我和现在的我
拦在未来的路口：

你好吗？
为什么，你的眼角长了草
眼里起了雾？

不说话，只流泪
我们仨紧搂在一起
折叠成一个人

宽 慰

一切都在变慢
狗走路的步伐
我敲字的频率
妈妈扶着桌边起身的速度

阳台上
刚洗的衣服淌着水
线
断成了滴

风餐露宿的梦里
我慢成雨季的树懒
身上长出苔藓、蘑菇和虫子

坐实了地球转速变慢的消息
悬着的心，终于放下了

友　谊

那个秘密
被倾诉欲点火，推送，升空
像带翅膀的炮弹
拐着弯，喷着雾
随时准备掉头俯冲
把我们好不容易垒起来的
墙垣
撞出豁口

短　歌

所有的彷徨
均有渊薮

白天
一切都是重合的
你的困迫
我的萧索
夜晚
沉默的影子
开出不安的花朵

不要忙于指点江山
我的心
就是沧海桑田
宇宙星际
所有的轮空和虚掷
都是序曲和前奏

时光开启了加速度
丰腴的 365
瘦成薄薄的四季

大地一片苍茫
你我只能望见——
移动着的事物

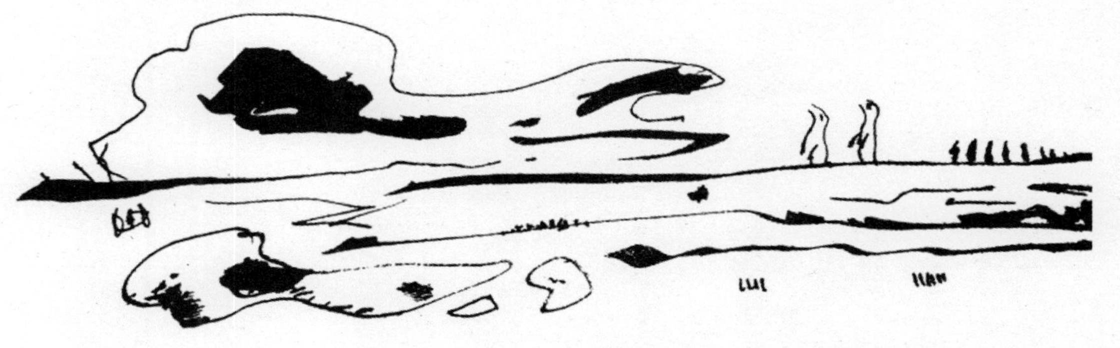

你我只能望见，移动着的事物

秋天来了

这是个美若天堂的地方
四周的芦苇、花朵
像画出来的一样
在古色古香的大厅
一对中年人坐那里
目光炯炯，不说话
四位一惊一乍的游客
用热烈的闲聊打发时光
终于等到只剩下我们
冲进来几个孩子
把玩具丢得满地都是

躲进一扇带铜钉的门
一艘古船
泊在泥土里

秋天来了
你安慰我说——
我们亲手种下的玉米和红薯
就要熟了

秋天来了，秋天来了

秋天来了

同　类

有缘还会再见
不过是矫情的饶舌
我更在意
白发，黑斑，偏头痛，失忆症
是否让我变得刺猬一样扎人

但是，但是
只要我们都还保存着
同一块布截开的围巾
我们的相见就意义非凡

暗号照旧
在一个黑雪纷飞的午后
我们相向而行
后背和前胸
各有一片
藕形的
扎染留白

往日重现

在山谷市集
我们黑着灯
交换加法和减法的秘密
黑暗投下的阴影
模糊了岁月的纹痕
使我们饱经风霜的脸
依然骄傲和生动
单位的老大
更迭了五任
大楼的外墙
粉刷过 N 次
我抱过的菲菲早已寿终正寝
我没见过的松狮已经狗到中年
十七年
让少女成为少妇
让小妹成为阿姨
十七年
让我们成为我和你
让你们成为你和他
再次促膝
所有的斑驳和喧哗

都被嘴角的笑，丢进风里
暴风雨后的宁静
在你的眼里
在夜的角落里
鱼儿般游弋

暴风雨后的宁静

逆行到对岸

一条大河
把部落隔成热闹和冷清
一头羊跟着主人赶集
他们一起吊在绳索上滑行
横风劲吹，水流湍急
失重的空中旅程
他们绑在一起
生死与共

逆行到对岸
我与主人怀里的乳羊
有了片刻交汇
我风尘仆仆
它去向成谜
我们对视着
我们在目光里相互怜悯

核磁共振

第三检查室
只剩下我和爸爸了

格朗格朗，我听到了
爸爸驮我下乡时
红双喜自行车清脆的铃音

轰隆轰隆，我追着
全家人第一次乘坐的那趟火车
跑呀跑

刺耳的尖叫，来自
爸爸电机厂那排神秘的车间

粗暴的螺旋桨，盖过了
爸爸含混的许诺：
这是最后一次回老家，我答应

突然，什么声音都没了
空气像被冻伤了一样
小时候最害怕的场景再次发生

爸爸紧绷双唇，一言不发
我坐下，又站起
闭目，捂胸，祷告

浊浪滚滚，大河滔滔
我用吃奶的劲儿
摁紧爸爸挣扎的膝盖骨
护住我——
上有老下有小的岸堤

疫

人群中
什么都在传染
惊惶
躲闪
蒙面
“离我远一点！”

把自己
缩进防护服
只留尾巴
在外面

双层口罩下
第一次闻到
自己的味道
第一次听见
喉咙里奔腾的波涛

我不知道，下一秒会发生什么

胸闷的父亲躺在那儿
做急诊心电图
查分的侄女坐在那儿
输战兢的考号
领导办公室外
四五个人等候觐见
我也曾身在其列

让我心惊的，还有
冠军点的弧圈球
洗手间的验孕棒
零点的哭声
拂晓的骚动
正对面，冲我笑的陌生人
大街上，从身后拍了我一下的手

我不知道
下一秒会发生什么
一朵云，追着我跑
我，追着一只
带着花粉逃亡的甲虫

夜已降临

我已睡去

一颗又一颗炸弹，在我的眼前

钻入地壳

时差的 N 种表现形式

1

舷窗外一直是天快要亮的样子
从黎明到黎明
从清晨到清晨
我几乎就要相信
地球，真的停止了转动
我，真的年轻了六个小时

一粒老实巴交的青豆
滚落到座椅的侧缝里
蹦跶着过上了阴差阳错昼夜不分的日子

2

清一色的老歌
伴我们穿越原野、码头和隧道
《心太软》《童年》还有中南海牌香烟
是司机兼导游小钱贴身携带二十年的乡愁

清澈如镜的博肯峡湾

我们孩子般手舞足蹈
间歇性失去饥饿感
只有小钱背对峡湾冷静地抽烟
他在合计余下的里程和晚饭的地点

3

凌晨三点半惊醒
误了梦里八点半的考试

餐厅里
我盯着面包和黄油发呆
这该是爸妈家开吃炸酱面的时间

房东遛弯的大狗携一身凉气回来了
趁我推门的当口飞快挤进门缝
我俩的位置在一瞬间完成了互换
我的早晨从它的中午开始

屋后的小河汩汩地流着
它又忙活了一夜

4

斯德哥尔摩，周日的早晨 7：19 分至 7：22 分
我站在窗前数数

一共数到两只鸟，四个人（两个骑自行车），九辆车

北京，凌晨一点

我抱着康师傅红烧牛肉面收看回放的“中国好声音”

呼啸而过的车流声鱼贯而入

加剧着我因偿还六个小时引发的紊乱

他们

与此同时

二宝开始扎牙了
流着涎水

老狗 Seven 的门牙脱落了
不知掉在何处

大宝开始识字了
太外婆记账时困在了“糖”字

一个同事的爱人脑出血昏迷
另一个同事的孩子因认生大哭

妇产科手术室在叫号做人流
隔壁的生殖中心在排队取卵

一群人涌出地铁
更多的人挤进来

原老总走了
新老总来了

你抬起头来

我低下头去

与此同时

毕加索和他的女人

他是巴黎的西班牙斗牛
只要有红色飘动
就会毫不犹豫地
进攻，进攻，进攻

他是狡兔酒吧的甲虫
每两小时进食一次
能举起，十倍于自己的重物

他是爱国者
也是食人族
他的画室
每天都在燃烧爱，燃烧梦
熊熊烈焰中
他，百炼成钢
她，化为尘土
连同她的疤痕体，强迫症

画布上
他是英俊少年
也是欲望怪兽

她是粉红舞娘
也是蓝色尤物
安乐椅里
她是哭泣的缪斯
也是天使与女妖的合体
他用画，用签名，写毕加索日记

晚年的画家
养羊，养猫，养狗
养鸽子、鹦鹉、猫头鹰
它们，都是他深爱过的女人

天才，是一种毒
只有他自己
有解药

三十里营房

赶到三十里营房时
天已大黑
所有的宾馆都已客满

这是今天第一顿正餐
一大锅带汤的水饺
被一扫而光
惊魂未定的进疆者和入藏者
在这个小饭店里汇合
大家相互拥抱

我们一行八人
分头在两户人家过夜
女主人掀开棉帘子
向伸手不见五指的空旷努一努嘴：
洗手间在那儿

我和妹妹共卧一米二的小床
在疆藏线的咽喉里
蜷缩成两个 Z 字
相互咬合

隔壁的阿华一宿未眠
母亲病危的消息
被雪山层层阻隔
在他拼尽全力
载我们翻越冰川地带后
抵达

黎明前，他将一个人
原路折返
从喀喇昆仑山北麓出发
经叶城、莎车、乌鲁木齐、广州、吴川
一步步退回他出生的村庄，
退回他家堂屋中央
气若游丝的母亲怀里

复　盘

不回家吃饭也不接电话
找到父亲时
一盘棋刚刚下完
正在围观下复盘
他甚至没有觉察我的到来

退回到制胜那一步
父亲挥手把面前的两摞棋子
呼啦一声推倒，中气十足地说：
“关键是我的卒子比你多！”

父亲退休前才当上科长
管一个兵

减和加

陪老爸回老家
串亲戚
看他的老伙计
二姑家的地又少了一亩
大姑的嗓音又弱了三分
表哥家的狗死了
才八岁
小时候常到我家喝酒猜枚的
叔叔伯伯
又走了俩人

北方的春天，从不沉湎过去
它忙着孵化催生孕育
忙着让白鹅下蛋
让油菜开花
让小鸟出壳
让牲口犁田
让我的侄女和外甥女们害喜

气温忽上忽下
翻覆春天里的四季

门后的竹篮子里
多了新鲜的瓜果菜蔬
苦，辣，酸，甜
我的备忘录里
多了新鲜的文字
疼，爱，悲，欣

回　声

梦的速度
比光的速度更快

两个维度的两个量子
因感应
神一般发生纠缠

撞击和震荡
把言语削薄，磨小
真爱面前
只能做出
回音壁似的答复

比如
他说
——爱骨子里的东西
她说
——爱到骨子里
他说
——只许笑不许哭
她说

——不哭

他说

——说你爱我

她说

——爱。

庆　祝

阿内·胡里安娜
为儿子办生日会
邻里都来分享蛋糕
小布里埃尔今天满七个月
医生们都说他活不过半岁
大家一起鼓掌
为多活了一个月的小男孩庆祝

呜　咽

午休时间
楼上在吵架
一个男人和一个女人
用我听不懂的口音

频率，不断递增
发叉的声线
蛇一般缠绕
像他们曾经紧抱的身体

然后，传来了呜咽
然后，心事重重的烟味，飘进窗

两个纸皮核桃
在掌心里相互挤压着
先凹裂的那个将先被我吃掉

她的不幸与谁相关

噩耗传来
我的脚步，有点儿乱
时不时，打个冷颤

堡塔下
一对中国青年在拍婚纱照
朝阳里
花枝招展的黑人妇女
举着 B 超图向我们报喜
白人男子殷勤地托着她凸起的孕肚

所有人的脸上
都有笑容
我的笑，中断了大约一个小时

在渔人堡
没有人知道
一个三十二岁的中国女孩
刚刚离开人世
她的母亲正身处炼狱

虽然，我知道

八九点钟的太阳

多少天
没有坐在阳光里了

耳朵脑袋肩膀投下的弧线
还是上个世纪的轮廓
可惜，它们只是影子
压缩了太多的层次和褶皱

一个介于女孩和女人之间的
不速之客，前来投宿
洗漱的过程犹豫迟疑
客房里的光亮一直绵延至清晨
她赶上了昨晚排队等号的牛肉火锅
却要错过此刻正破窗而入的
冬日暖阳

太阳，只管自己热烈地照耀

太阳只管自己热烈地照耀

一张假币

菜店里
女店主在忙活
面色红润
昨晚，她捏着假币
捶胸顿足地骂自己
骂那个骗她钱的女人

“一百元追回来了？”我问
“今天的地瓜不错！”
她打着岔儿
在我胳膊上飞快地掐了一把
为时已晚
她的老公从里面走出来
一脸嫌恶盯着她：
“你这个笨猪！”

现在，我每天绕着这家菜店走
跟那个身藏假币的妇人一样

阵 痛

又一个女人进去了
像戴镣铐的革命党人
去过堂

今晚，十八般酷刑等着她
今晚，注定要被十二级痛劈裂

鲜血和呼喊，在这里被消弭
啼哭，只有新生儿的啼哭
才能被听见，被放大

一颗种子埋进土里
需要翻覆与抖动
生命之树被连根拔起
需要一场，十八级台风

女人星星般发散的疼点
在阵痛中汇聚成
太阳的热能
地狱里爬出来的母亲
头顶荆棘的后冠

大街上

众生熙攘

一双女人的眼睛

直勾勾盯着一个女人的孕肚

罩

这里是儿童乐园
为了争夺玩具和地盘
常发生小规模冲突

蹦床上
一个六岁的男孩
拉起呵呵的手：
跟我一起玩吧
我会保护你的
仔细打量
这是今天场内个头最高的孩子
我掏出两包海苔
分给他们

有人罩着我家宝贝
我放心地掏出手机
退到场边

凸 凹

推小宝在大路上
他犟着指向路边的减速带
显然，他更喜欢凸凹不平的抖动和起伏
老怕他摔跤
老想让他走得平稳、简单、顺畅些
可是，他不信，也不肯
昨天，老妈指着我下巴上的疤说：
不好好走路
大白天掉进防空洞
吓得我腿都软了

慷慨

隔三差五
大宝就会送给小宝一个玩具汽车
弟弟，如获至宝地憨笑
我知道
大宝又偷拿了彩蛋
吃光了里面所有的奶油和巧克力
剩下这个他看不上眼的小赠品

大宝的慷慨
来自他溢出的愉悦和心虚

盲 飞

我的眼睛
藏在大鸟的眼睛里面，再里面
我的故乡
退隐于群山的后面，更后面
无日出日落
无云舒云卷
只有被黑暗征服的天空
被气流奴役的浮沉

一个婴孩，一路啼哭
他是在抗拒抵达
还是离开？

没有多少时间了

一对男女，边走边吵
分贝越来越高
男的突然揽住女的肩
空气安顺下来
真的，没有多少时间了

第一次
妈妈站在 12 楼黑乎乎的阳台
挥着手喊我的名字
这是依赖升级的标志性夜晚
妈妈用这种方式向我多说一声再见
真的，没有多少时间了

晚自习结束的时间
一对“同桌的你”，手拉着手
两个十来岁的男孩，一人叼着根香烟
“05 后”的青春已经开启
真的，没有多少时间了

它　们

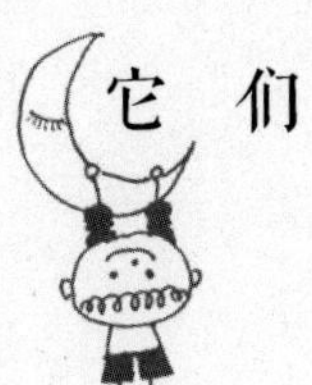

法 则

跛脚的老马
被送到猎人家中
他喂干草给它吃
老马，躲避了
活着被碎成饲料的命运
它老死的尸体，将被
拉到野外
成为神鹫的口粮和母狼的乳汁
有的家畜或小动物
因此逃过一劫

以自生自灭的方式死去
是幸运的
如果再被禽兽吃掉
无异于圆满

大自然里
没有谁轻松和无辜
有狼叫的比利牛斯山
才称得上活着

撒哈拉

碧蓝的湖泊在天边
你越靠近，它越退后
那是撒哈拉的海市

大风起兮，鸣唱沙丘
水一样流动
河一样翻涌
海一样狂舞
撒哈拉，用这种方式追忆被水覆盖的远古

苍凉的冬季
狂风卷起富含矿物质的尘土
从干涸的撒哈拉湖
一路吹到亚马孙雨林

炽热的夏季
银蚁，记得住每一回转向
扛得住 53 度高温
燕子，从非洲赶赴欧洲
以咸湖的苍蝇为食
骆驼，是这里的过客

它做不了大漠的居民

总也走不出的荒野
放大衰败和流失
水分，细胞，钙质，微量元素
速度，动能，勇气，亲密的能力
……

棘蜥在太阳风暴里
找到隐秘的泉眼
它将双脚踏入水中
海绵一样，把水吸满全身
这是它在沙漠里存活的
独门秘籍

太阳落山的时候
雨从天降
球形的复活草
枯枝在几分钟内打开身躯
雨珠在几分钟内冲开荚膜
种子在几小时内发出幼芽
嫩草在几周之内开花结籽
然后，重复父亲母亲的命运
在暴晒和流浪中等候下一年份的雨

在沙漠里回头
我望见了幻影的浮生：
沙面一点点上涨
漫过所有的山川
抹平所有的屐痕
淹没我盘踞过的城堡
蒸发和升腾我屈指可数的
光荣时刻

撒哈拉归来
我甲壳如铁，皮肤如银
人间冷暖
从此不在话下
只是，只是迷过沙子的眼睛
越来越容易发热，潮湿，泪奔

月亮的安慰

一只龙鸟
卧在窗外的枝桠
天黑了，它变成一个人
与我在楼道的微光里角力
后来，它变回鸟
穿墙而过
消失于灵魂的暗夜
画框里的鱼
停止了游动

月球升起来
它让剧烈摇摆的地球安静下来

微电影

1

一只蚂蚁在揉皱的纸上爬行
决定行走线路的
不是蚂蚁的愿望
是我攥捏出的形状

2

夜深了
一只蚊子冒着生命危险
叮上我的脚背
它，实在等不及我睡去

3

冷藏的菜蔬已经腐败
它们曾有过多么鲜活美丽的
童年

4

蛛蜂产卵的季节到了

一望无际的撒哈拉
猎物的身体
是唯一可靠的育婴房

5

床头柜下
有家针尖大的蚂蚁
即使没有吃的
它们也会每天爬上柜来
打个招呼

6

月光亮得让人难过
伪装色不足带来的危险
从白天延展至夜晚

7

一群鸟在树上啁啾
那只最不起眼的黑鸟
发出最动人的啭啼

8

浑身是血的大水牛
被饥饿的狮群撂倒

它的眼睛一直瞪着
不甘还是太疼？
不远处，一只角的跳羚眺望着
这场杀戮

9

雪化了
粗粝的路面露出来
草书的漆字重出江湖：
办证，讨债，私家侦探

10

宇宙探测器英勇地出发了
它一开始就明白
这是一趟有去无回的旅行
只是，它并不知道
赴死之路竟也如此遥远和艰难

洄游之鱼

从海到河
越来越低的盐分告诉它们：
家，越来越近了

肥美的鱼群
带着满腹的卵，奋力洄游
涓涓细流，掀起夺命惊涛
冒烟的瀑布
俯瞰着一年一度的死亡游戏

微小的分子
庞大的分母
大自然有近乎苛刻的律令
勇敢者的尸体
银光闪烁
齐刷刷地朝向上游——
在那里，雄鱼已等候多时

每种活物都有自己的探针
天敌比鱼儿更熟稔它们的行程
熊妈妈带着熊孩子

抢占最佳捕位
尖嘴的亲鸟
一趟又一趟
把咽下去的鱼
回吐给它的子女
艺术家模样的鳗鲡
包藏打劫饕餮的祸心
嗅着血腥出洞
给渔夫剩下赤裸的鱼皮和白骨

执念爆棚的时候
脆弱之至
河里，跟岸上一样
没有无忧宫和不忍池
溯河之鱼前仆后继
游入陷阱、圈套、栅网和埋伏

它们，如此地安静
大悲大喜大难临头
也默不作声

莫名的风浪
接通地狱天堂
光滑的石头
翻滚在幸与不幸的鳍下
替哑默的鱼发出前生或来世的啼鸣

猎

捕食者
用木浆和唾液筑巢
以腹为犁
挖出道路和沙井

猎物
被毒麻痹
被注入的酶
液化五脏六腑

那环抱吸食的姿态
像极了
天使之吻

白　羊

冬已深
一辆车来到一家餐馆
店主牵出一头白羊
它只剩下半个脑袋
但仍然活着
目光婴儿般安详

店主操起刀
没有“咩咩”的哀号
羊，配合地凌迟了自己

仓库在厕所与厨房之间
里面有绵软的叫声传出
像猫咪，又像羊娃子

一屋子饿狼
一边夹起肥瘦相间的肉
涮进锅里
一边用羊血涂抹全身
伪装体味

窗外
红白相间的雪花
静悄悄地飞

鸟 殇

一只幼小的麻雀
蠕动在园子的花丛
翅膀上的茸毛
刚刚冒芽
黄边的嘴角
时不时张到最大

我把它捡起来
捧在手心
帮它打落几只放肆的蚂蚁
它真小
小得还没睁开眼睛
我塞的软面条
它咽不下

无能为力
我用几层软纸裹了它
放回原地
指望它以叫声和气味
引来焦急的母亲

翌晨
离纸团大约十公分处
粉色的鸟身
叮满黑蚁

昨夜
当我梦见一群蛇爬向我时
一窝子嗣兴旺的蚂蚁，
正爬向这只奄奄一息的鸟雏儿

屋顶上，几只成年麻雀
若无其事地叫着，跳着，飞着

一场天葬
将持续数日
唯有夏风和泥土
为它超度

春 天

天暖了
蚊虫复活
鸟儿早起
山魈不停地打哈欠
裸露雄壮威猛的牙齿

春天
是我们的
也是它们的
森林里
撕咬声此起彼伏
城邑里
外星人大举入侵

春天来了
春风，催开花朵
也唤醒杀机

猎鸥，从北极抵达大西洋
苔原上，夜夜传来它们怪笑似的叫声

红　马

被黑衣人追赶
策马而逃
这是一匹砖红色的马
高大剽悍
驮我西出阳关

在驿站
我换上白色防护服
为肿胀的脚踝打上绷带
马笼头的卡扣坏了
怎么都修不好
马肚子上又添了几道新口子
它们将和那些老伤疤一起
从一而终

黄沙漫漫
我骑着没有缰绳的马，赶路
行囊里的锅碗瓢盆
蹭在一起
发出不安分的叮当声
红马无师自通

娴熟于“驾”“喔”“吁”的号令
我拍拍它的脖颈以示嘉奖
它转过头来看我
那是一双天使的
眼睛

狒狒拉飞奇

水塘
一天比一天更小
挣扎的鲶鱼
预示着旱季的来临

兀鹫乘风而行
在猎物的头顶悬停
被驱逐的拉飞奇
偷偷潜回
骑在一棵树上
瞭望曾经熟悉的一切

前女友齐库
快快地跟在首领身后
相依为命过的养子
正被首领霸凌

它，无能为力
它，正被饥饿和孤独夹击

一道闪电

投下天火
动物们四散逃命
拉飞奇在炼狱中
继续被流放的生活

一道闪电
大雨滂沱
一个新的族群
从山那边传来呼唤
拉飞奇不为所动
它选择忍和等

共 处

一只母狗带着九只狗娃
过家家
母狗眉眼凶凶的
尾巴翘翘的
奶子鼓鼓的
小狗们围着丑妈妈
撒娇卖萌
其乐融融的时刻

上一窝
这只母狗生了四个
肉价上涨
卖了一千多

狗的主人
头发凌乱
拖着一只跛腿
一会儿喂狗
一会儿蹲在菜地里干活

三更天

醒的人，听着
醉的鸡
磕磕巴巴打鸣

木垒之晨

太阳就要出来了
这是比正午更美好的时辰

窗外的紫菊花继续着枯萎进程
低了头，却不肯弯下身
狗儿起得真早
一只叫月亮，一只叫星星
温顺的它们是狼的后代
窗台上，黑米似的小虫
一动不动地躺着
昨晚，它们背负翼羽盔甲
浩浩荡荡从土墙爬向木门
没有大块头，它们必须集体行动

小虫子的夜
从我的拂晓开始
我的晨光
照亮它们仰天的肚皮和对足

当渡鸦的叫声传来
墙和门，虫和草都不见了

越来越白的光
所向披靡

太阳就要出来了
这是比正午更美好的时辰

阿勒泰的秋野

墓园，湿地，草原，农田
站立的，躺下的，走动的，飞翔的
均匀地分享着
最佳角度和亮度的夕照

天，黑得太快
最后一缕光
短得只够
护送我们走向收秋的农民

左手边的老树
右手边的墓碑
一起俯瞰月饼与玉米的交换
生者之城与死者之地
隔路相望

无名峡谷

这是一个未曾讲述的故事
闪电般开启
砗磲状闭合

这是一片藏在地底下的巍峨
曾经落英缤纷
水草肥美

嗯，你老了
还没来得及取名就老了
多少隆起下沉
多少沟槽褶皱
就像我皴裂的嘴唇和足跟

嗯，我们都老了。
多少次撞击
挤压
侵蚀
烤炙
多少回呼号
扭曲

挣扎
死去
我走近尖硬又松软的你
像走近黄皮肤白头发的自己

那一刻
我四脚着地
猴子一样攀爬
用缩小自己的方式对抗恐惧

那一刻
我用最古老的蜷姿
膜拜大地
我忘记了时间
忘记了世界上所有的名字和来路

五月的诗

云中的天鹅湖，更美
水天一色，草木葳蕤
那棵大树是座纪念碑
用风声和裂纹，记录
每一次飞翔的高度和时长

春去夏至
青草被风压低
纪念碑的投影
越拉越长
天鹅引颈高飞，发出
顺畅的鸣叫
在这个，背井离乡的黄昏

梦醒时分
风寒乘虚而入
无论我翻向哪个方向
总有一团化不开的堰塞
堵住我曾经那么随心所欲的
吸，呼

一只受伤的天鹅

成千上万只天鹅
结伴而行
唯有这只受伤的天鹅
形只影单
它的伤口圆如徽章
藏在翼下和前胸
它的脖子无法伸展
弯曲成大写的 S

成千上万只天鹅
结伴而行
唯有这只受伤的天鹅
形只影单
它游游停停
独守点与线的宿命

有一只天鹅受伤了
它的鸣叫低沉，含混
只有水草能破译它的声波
水草以 S 形的弯曲和颤抖
呼应

快看啊！
这只受伤的天鹅
一次次把头深埋水中
它的倒影，以强烈的变形和拉抻
迎迓，传感，聚拢，发散

岸上的树
没了叶子
露出赤裸的拧和天性的倔
不远处
零星的羽毛
粘住芦苇和蒺藜
那是腮鬓相磨的往事
留下的白色飘动

白　马

排队等候骑行
被允许站在前面
分到一只白马
它带我们驰骋

山道险峻崎岖
仿佛世界的尽头
尖叫声中
马驮着我们飞起来了
焦距瞬间拉长
连绵的山，蜿蜒的河，微缩的森林啊
匍匐在脚下

升腾，升腾
地在晃，天在动
升腾，升腾
万物身披霓裳，放开金喉
蓦地，白马收拢翅膀
降落，然后站成一尊雕像
唉，这匹听话的老马
把我加油的手势

当成了停下的命令

多么懊悔
那拍在马肚子上的两巴掌啊

火蜂窝

中午，我顶着秋天的软太阳
找昨晚的火蜂窝
找一个家族的遗址

真的，什么都没有了
我甚至无法确定，蜂房
坐落于哪棵椰子树上
纵火者，是个老手
他做到了一网打尽，焚尸灭迹

不慌不忙的海声，和着
此起彼伏的笑语
经过我站立的地方
抵达那片曾经鸟飞蜂绕的树梢

有谁听见了
昨晚岸边
最后的蜂鸣？

变形记

我能吃下比我体积还大的水牛
先是在对峙中把它咬伤
然后躲在暗处
静静等待猎物中毒后倒下
搏斗的过程我可能受点轻伤
那也不过十来口咬痕而已
贪吃多吃
是此刻唯一明智的选择
这餐饕餮，来得正是时候
我一口气吞下一个月的卡路里
足够我反刍半个月，再缅怀半个月

无所不能的梦
让我在月光如水的夜晚
变成一头力大无比的巨型蜥蜴

待　命

我牵着晃晃悠悠的 Seven，慢走
昨天凌晨，它才从抢救室出来

石板路上，躺满绛色的橡皮树叶
上面爬满脉络、色斑和虫洞
不时有撑不住的老叶
以自由落体的方式
死在我们面前
更多的红叶还在树上
用虚弱的柄，紧抱枝头

Seven 被十多公分高的围栏挡住
它知难而退地调头

此刻
无雨，无云，无风
树顶那片最红的叶子
还没落
我们家的 Seven，还活着

路对面的木棉树上

两只小鸟啄羽，鸣啾，互蹭
它们是昨天的那一对儿么？

它们是昨天的那一对儿么？

安　全

牵着 Seven 上街
像牵着步履蹒跚的老小孩

把它丢在门外
放心地在面包店里
转了一圈，又一圈
狗绳不再拴上把手
不再担心有人打它主意
几个小屁孩儿轮番摸它的头
揪它的毛
争相喊着：我敢！我敢！

安全，有时也是一种悲哀
想到这句话时
狗狗紧盯蛋糕，淌下
珍稀的口水

缠

蛇，又是蛇

一条翠绿色的蛇
蜿蜒潜行

从一大堆兵器中
选中一把齐头竖刀
用尽所有力气
砍其头，断其身，远掷之
扒开草丛
蛇身已长出新头
黑豆一样的眼睛泛着蓝光

只是一眼
我就被它咬伤
右手背上凸起两个小山似的包
上面扎着针一样的毒
僧人拿出解药
灌入我红色的伤口

翌日，大昭寺

佛说：贪、嗔、痴
蛇一样缠你
……

沉　香

那阵风过后
群鸟鸣啭，蓝天如洗
一切如释重负

点燃，轻嘘，细嗅
不动声色地亲近一棵树的前世今生
那些劈出的伤，钉出的孔，咬出的洞
那些黏稠的泪水苦水脏水
在这一刻，顿悟
成一炷苦芯的
沉香

全程都纹丝不乱
直到抵达最后的岸
云层蜂拥
海风乍起
绷了一路的面孔
开始发烫
我的鬈发
在头顶一缕缕散开
袅曲如烟

在哈尔施塔湖等待日出

一颗星星不见了
又一颗星星不见了

寒气浸透了石头也浸透了背包
冷风吹皱了我也吹皱了湖面

湖面静悄悄的
鸭子和天鹅偶尔发出笃定的鸣叫
起大早的流浪猫
尾巴扫地，爪子洗脸
对着太阳露头的地方
谦卑地端坐

在哈尔施塔湖等待日出
等着光，穿越灵魂和身体
等着疯长的卑微
打通，所有听得见心跳的
记忆

头顶上的窗户
“咔嗒”一声被打开

一位白发苍苍的老人
探出脑袋
教堂的钟声，响起

太阳出来了
阳光普照大地

一盏灯熄灭了
又一盏灯熄灭了

向日葵

向日葵熟透了
熟成了灰褐色
弯腰，矮了三分之一
倾斜，再矮三分之一

弯腰和倾斜
让这株向日葵
逃过了砍头和腰斩
躲过了榨油厂的流水线

就是要与众不同
就是要让履历空白
就是要把种子与果实
头颅与身躯
不兜圈子地一并报还

在 Szarliget 凉飕飕的秋野
我捧起一张皱纹纵横的脸

时间差

狗狗把电梯的每一次开门
都当成到家
两个初中生
以“老公”“老婆”相称
一对大婚的新人
相互抱怨的口气像极了老夫老妻
儿女双全的两口子
怎么看都像陌生人——
不对视，不搭腔

最甜的果子
从入口那一刻
变酸

我们冲着绿灯去的
到了跟前
就成了红灯

火山与大海之间

今晚，注定要在奔波中度过

先奔向大海的方向
再奔回火山的方向
黑夜，伸出撩拨的羽毛
我没有像孩子那样轻易地笑出声

四周漆黑一片
没有火山，没有大海
只有穿膛而过的列车
举着高贵的火把

鞭炮引燃的声音和树枝开裂的声音
如此相像
快乐与悲伤的质地
如此相像
入睡前放不下的与梦里头握不住的
如此相像

新年将至
我辨认出了，水中的木纹

石头里的漩涡
云河上的冰川

今夜
没有大海，没有火山
我在鞋子里，找到一枚
尖硬的砂粒

低气压风暴

醒来
确定自己还活着
确定刚才只是一个
被魇住的梦
窗外，压扁的啸叫
排山倒海
拉开门，狂风一拥而上
惊魂未定的 Seven 挤进来
就地卧倒

低气压风暴，来了
殊死搏斗后
我奢侈地站在挡风玻璃后面
数着心跳，听风

明天，太阳会照常升起
地面将铺满撕碎的绿衣
水洼里的倒影
延续着倾倒佝偻的卑膝

也是这样一场台风

许多年前
从我童年的梦里
呼啸而过

反义词

孤独没有反义词
两个孤独抱在一起
会有异象发生
雨会逆行
水会倒流
台风会改变路径
一些字词会发生颠覆
暮与朝
输与赢
南方与北方
沦陷与救渡

孤独没有反义词
两个孤独抱在一起
会生出一窝又一窝的反义词
它们反季节上市
易容，反串
出尽风头
……

童年的村庄

搿站儿——刘寨
酸庄儿——孙庄
磨庄儿——孟庄
歪楼——韦楼
裂口——李口
……

多年之后
公路上的指示牌
揭秘了故乡村落的真名
我惊讶于
眼和嘴
怎么就从亲兄弟
一步步地
成了陌路

萨拉热窝的冷

一块疤一个洞就定了终身
路边的墓园
埋的都是少年

突兀的电车
擦肩而过
少女受惊的头发，竖起来

我在带弹孔的房子里
看中一个四角瓷盘
包头巾的女店主
手捧经书
抬起谢绝还价的脸
孤坐的流浪者
守她凳下的碗
晒她斑驳的肩
坚决地谢绝拍照
警惕地紧盯
被合影的瓦尔特雕像

满大街咕咕叫的灰鸽

满大街团团转的乌鸦
我把大街上捡来的石子
投入护城河
让它
用干净的身体
亲近冰凉中安息的前辈

哭 沙

两辆大货车
拉着沙，夜行
沙子刚从河堤偷运出来
头一回进城
她们一上车就哭
泪水涟涟，止也止不住

处子之身的新嫁娘啊
用前半生攒下的眼泪
哭她们
吉凶未卜的后半生

米

一粒米
被剩在午饭的碗底

一路都走得小心翼翼
发芽
抽穗
开花
结籽
脱壳
入瓮
上桌

唯一可期的使命前功尽弃
一粒米，在最后的关头
被遗弃，成为无家可归的
孤儿

空　城

寂寥
空旷
苍凉

断壁
残垣
瓦砾

斑驳的木质招牌
六十年前的字清晰可见
碎裂的啤酒瓶
在阳光下发出耀眼的光辉

石油小镇，已死
小城遗址，活着
作为一段历史、一种衬托、一些回忆
一部灾难片的外景地

在柴达木冷湖
一座城
从无到有

从有到无

我们西行的车队

于三天前集结

将在三天后

解散

那些，

每时每刻都在发生的消弭啊

死亡，是另一种降生

备忘录（代跋）

我是心软的懒人
喜欢收容无家可归的汉字儿
让它们牵着我走
一路上，它们蹭我，我蹭它们

梦到过的场景和人
常常令我愕然地重现
有摁下文字的不同时间为证

写得多了，话就少了
这也许是我在这个爱唠叨的年纪
还没那么烦人的奥秘

击中我一次的文字
一定会击中我第二次
我不能轻易放过它们

我迷恋被击中的瞬间
我愿意为此——
再死一次